EL BARCO
DE VAPOR

Cuando la Tierra se olvidó de girar

Fina Casalderrey

Ilustraciones de Miguel Pang Ly

fundación sm

**La Fundación SM destina los beneficios
de las empresas SM a programas culturales
y educativos, con especial atención a los
colectivos más desfavorecidos.**

Si quieres saber más sobre los programas
de la Fundación SM, entra en
www.fundacion-sm.org

LITERATURA**SM**•COM

Primera edición: abril de 2003
Trigésima primera edición: marzo de 2025

Dirección editorial: Berta Márquez
Coordinación editorial: Carolina Pérez
Dirección de arte: Lara Peces

Título original: *Cando a Terra esqueceu xirar*
Traducción del gallego: Fina Casalderrey

© del texto: Fina Casalderrey, 2003
© de las ilustraciones: Miguel Pang Ly, 2016
© Ediciones SM, 2016
  Impresores, 2 - Parque Empresarial Prado del Espino
  28660 Boadilla del Monte (Madrid)
  www.grupo-sm.com

ISBN: 978-84-675-8936-8
Depósito legal: M-9008-2016
Impreso en España / *Printed in Spain*

El papel utilizado para la impresión de este libro
está calificado como papel ecológico y procede de bosques
gestionados de manera sostenible.

Cualquier forma de reproducción, distribución,
comunicación pública o transformación de esta obra
solo puede ser realizada con la autorización de sus titulares,
salvo excepción prevista por la ley. Diríjase a CEDRO
(Centro Español de Derechos Reprográficos, www.cedro.org)
si necesita fotocopiar o escanear algún fragmento de esta obra.

A Mariano, a Marcos y a Rocío.

*A todas las personas
que son capaces de caminar,
sin caerse,
sobre una pelota de colores.*

1
CUANDO LA TIERRA SE OLVIDÓ DE GIRAR

Hace muchísimos años, incluso antes de que pudiésemos saborear el turrón de chocolate, ocurrió algo muy extraño: la Tierra se olvidó de girar y de caminar por el espacio. ¡Había perdido la memoria! En lugar de dar vueltas sobre sí misma y danzar alrededor del Sol como había hecho siempre, se quedó inmóvil mirándolo como una tonta.

Si por aquel entonces hubiera tenido una madre Tierra, esta se habría enojado y le habría dicho:

–¿Qué haces pasmada mirando al Sol? No debes detenerte. ¡Muévete o te hará mucho daño!

Pero la Tierra no tenía quien la sacara de su desafortunado despiste. En realidad, nadie se preocupaba por su suerte.

Eso provocó unos problemas tremendos. En una mitad del planeta se había

instalado el día, mientras que en la otra mitad la noche no quería despedirse.

–¡Qué raro! ¡Jamás se hace de noche! –suspiraron las personas del lado en el que siempre lucía el Sol.

–¿Qué ocurre, que nunca amanece? –se preguntaban las personas del lado oscuro.

Donde el día no se iba, la gente trabajaba y trabajaba esperando la llegada de la noche.

—Pero... ¿cuándo nos toca dormir? Yo ya no puedo más —dijo exhausta una señora.

—¡Qué bien! —exclamó el dueño de su empresa—. Ahora trabajarás muchas más horas. En el contrato que has firmado dice «de sol a sol», y todavía no ha anochecido.

Aquellas pobres gentes solo se quedaban dormidas después de que, agotadas, cayesen rendidas en cualquier esquina. Su sueño era entonces tan profundo que podía durar semanas enteras.

Las lechuzas, los búhos, los ratones de campo y todos los animales de la noche dormían y dormían. No comían, no volaban, no se enamoraban... No vivían.

Enseguida comenzaron a sonar unos golpes secos, como si alguien insistiera en llamar a una puerta.
–Toc, toc, toc, toc...
Y el suelo se llenó de aves de la noche que caían como pesadas hojas muertas que se desprendiesen de los árboles.

2
LOS ROSALES DEL JARDÍN
NO LES DEJAN SALIR DE CASA

En los huertos, las plantas podían fabricar su propio alimento las veinticuatro horas del día gracias a la luz solar y no dejaban de comer. Crecían y crecían sin parar. Llegaron a alcanzar tamaños tan enormes que los campesinos, en lugar de cultivar, decidieron *descultivar*. Se pasaban el día arrancando las raíces de las plantas que brotaban cerca de sus viviendas, pues hacían peligrar las paredes de sus casas.

–¡Rápido, tenemos que salvar a los de Puga! Se han quedado aislados. Los rosales del jardín no les dejan salir a la calle –avisó un vecino con la voz rota por la preocupación.

–¡Ojalá no llueva! –rogó otro vecino que miraba atemorizado al cielo–. Con este calor, las plantas lo invadirán todo.

En las ciudades retiraron las macetas de los balcones. Las hortensias, las begonias y los geranios que habían puesto en ellas se hacían tan grandes y amenazantes que vecinos y vecinas tuvieron miedo de que reventaran las barandillas con su energía. Algunos viejecitos, que también habían perdido los recuerdos, permane-

cían sentados en los bancos de los parques contemplando el espectáculo y se agarraban con fuerza a sus bastones para no caerse de narices con el susto.

Los vigilantes nocturnos, los fabricantes de bombillas y de linternas, los médicos de guardia... veían peligrar su empleo.

–Si esto sigue así, nos quedaremos sin trabajo. Ya nadie necesitará nuestros servicios por la noche –se quejaban.

Mientras tanto, en el lado oscuro de la Tierra, la situación era opuesta, aunque igualmente problemática.

–¡Esto es la ruina! Hemos de tener la calefacción y las luces encendidas a diario. ¡Adónde vamos a ir a parar!

Sin duda, la Tierra había perdido la memoria. Continuaba inmóvil como una estatua de bronce, y este grave olvido fue cambiando poco a poco la vida de sus habitantes.

3
SALTANDO COMO COLOSALES SUPERPULGAS

EL FRÍO helaba la mitad del planeta en la que la noche era continua. El agua de los ríos ya no cantaba saludando a las piedras a su paso. Los paisajes se habían vuelto tristes. La brisa suave hizo las maletas y se fue. Ya no le apetecía hacer cosquillas a aquellas plantas que se quedaban sin hojas que mover, y con ella se llevó la risa de la gente. Los árboles, desnudos y sin poder alimentarse, sintieron tanta vergüenza y tanta hambre que se encogieron hasta desaparecer bajo tierra. Algunas semillas asomaron la nariz a la superficie y, al sentir el frío helado, se volvieron a ocultar entre los edredones del suelo. La mayoría de las personas, hartas ya de dormir en aquella noche perpetua, se pasaban semanas enteras tiritando y saltando como colosales superpulgas.

–¡Ya hemos terminado el gas y me muero congelada! –protestó una señora.

–¡Este frío me ha puesto los dedos de porcelana! ¡Se me van a romper! –completó un caballero.

—Yo no bajo a la tienda —repuso un niño—. Tengo miedo de encontrarme con el Abominable Monstruo de las Nieves. No quiero quedarme tieso ante su mirada.

Tanto los habitantes de la noche oscura y fría como los del día permanente y caluroso coincidían en un punto:

–¡Tenemos que encontrar urgentemente algún remedio!

En los gobiernos de las naciones, en las alcaldías de los pueblos y ciudades y en las asociaciones de vecinos de uno y otro lado, convocaron concursos de ideas. Pensaron que, si premiaban a quien tuviese la mejor solución para un problema tan grave, tal vez la gente se pusiera a pensar con más ganas.

–¡Yo sé lo que tenemos que hacer! –Lucero, una niña larguirucha y morena, que vivía en el lado de la luz, insistía en que ella sabía cómo arreglarlo. Nadie la creyó, pues lo único que hacía para demostrarlo era caminar, sin caerse, sobre una gran pelota de colores.

4
GIGANTES MORENOS Y ENANOS BLANCOS

Como medida provisional e indispensable, mientras no llegaban las nuevas ideas, decidieron cambiar la estructura de los pueblos y ciudades. Y por todas partes corrió la noticia:

–Habitantes del día, prestad atención. Para que el Sol no nos queme, recomendamos que a partir de hoy se construyan las casas sin ventanas y de ese modo podremos estar la mitad del día dentro e intentar dormir. También os pedimos que, si sembráis alguna legumbre o cualquier otra cosa, estéis pendientes de recogerla enseguida, antes de que los frutos crezcan demasiado y ya no podamos recolectarlos e incluso nos atrapen.

Y así lo hicieron, ya que nadie quería pasarse el resto de su vida sobre una hoja de patata, compartiéndola con un desagradable escarabajo.

En los países en tinieblas los problemas eran, si cabe, todavía más serios. También allí se dictaron normas nuevas:

–No encendáis fuego ni pongáis los coches en marcha, por favor. Recordad que no podemos gastar el oxígeno que tenemos: las plantas sin el Sol ya no lo fabrican.

Mientras los expertos trabajaban en la búsqueda de una solución definitiva, los días, las semanas, los meses... e incluso los años caminaron con paso firme y seguro. Y de lo que nadie se daba cuenta era de los cambios físicos que, por culpa del desmemoriado planeta, se estaban produciendo.

Así, los que veían el Sol a todas horas se habían acostumbrado a encoger los párpados para proteger los ojos y esto los había convertido en gentes de ojos muy pequeños. La piel se les puso muy morena y arrugada, y la estatura de los adultos podía llegar a alcanzar los cuatro metros.

Los del lado opuesto, los habitantes de la noche, mantenían los ojos muy abiertos para poder distinguir los objetos en aquella eterna oscuridad. Eso hacía que los bebés naciesen ya con los ojos más grandes. Aun así, en ocasiones su vista no alcanzaba a ver con nitidez lo que ocurría a su alrededor; ello les hacía escuchar con tanta atención que sus orejas se abrieron y crecieron desmesuradamente. Cada vez se parecían más a las de los perros pastores. Su piel se volvía a cada paso más blanca.

5
¡QUÉ ASCO!
AQUÍ HAY CACA DE PERRO

Los habitantes del día continuo se reunieron en una asamblea extraordinaria y acordaron una cosa.

Los de la noche perpetua también se reunieron en una asamblea extraordinaria y acordaron la misma cosa:

—Ya que no podemos comprar o vender la noche o el día, tendremos que intercambiar las viviendas cada semana con los del otro lado. Esto hará que vayamos compensando lo que nos falta y lo que nos sobra.

Lucero, la niña larguirucha de la zona iluminada, ya se había hecho adulta y todavía seguía caminando sobre su pelota e insistiendo en que ella conocía la solución. Nadie le prestaba atención.

Los jefes y las jefas de los gobiernos, los alcaldes y las alcaldesas, las presidentas y los presidentes de las asociaciones de vecinos de los dos lados se reunieron en una zona de penumbra, de continuo atardecer,

y surgió el primer problema. Aquel lugar se había superpoblado con gentes que habían huido del día eterno o de la noche sin fin. Parecían un enjambre de abejas amedrentadas.

Tan pronto como los habitantes del atardecer se fijaron en aquellos hombres blanquísimos, casi azules, y bajitos, de enormes orejas puntiagudas y con grandes ojos, se asustaron mucho. Lo mismo ocurrió cuando se fijaron en las mujeres y en los hombres altísimos y morenos, de piel arrugada y ojos pequeños.

–¿Quiénes sois? –preguntaron sobrecogidos varios a la vez.

Después de las explicaciones oportunas, entendieron las razones de la diferente apariencia física de unos y otros. Pero el pacto que allí firmaron enanos blancos y gigantes morenos fue imposible de realizar. Al cabo de siete días regresó cada cual a su casa, como estaba previsto, y las protestas se sucedieron:

–¡Me han dejado el baño sucio!

—¿Dónde me han puesto las botas?
—¡Este calcetín no es mío!
—¡Qué asco! Aquí hay caca de perro.
—¿Quién me ha cambiado los muebles?

Probaron algún nuevo intercambio, pero, desanimados, nadie deseó salir de su zona. Tendrían que buscar una medida mejor.

6
LA TIERRA SE HA DORMIDO Y TENEMOS QUE DESPERTARLA

Esta vez fueron los sabios y las sabias de todos los lugares del planeta quienes se dieron cita en la zona penumbrosa en la que el día y la noche se cogían de la mano. Estudiaron en libros gordísimos la manera de encontrar una respuesta que contentase a la mayor parte de las personas.

–¡Yo la tengo!

Lucero, que ahora era ya una viejecita, se había colado en la reunión y continuaba insistiendo en que ella tenía la solución. Nadie supo cómo había llegado a aquel lugar, pero allí estaba, haciendo equilibrios sobre su pelota multicolor.

—¡Esto es lo que hay que hacer! —aseguró mientras movía la pelota en sentido contrario a sus pasos.

Al principio todo el mundo se burló de ella, aunque luego, como no se les ocurría nada, decidieron escucharla y, al fin, pudo explicar su propuesta:

—La Tierra se ha quedado dormida y hemos de despertarla.

—¿Y eso a qué se debe? —la interrumpió un sabio impaciente.

—Quizá... —sin detenerse, pensó y habló de nuevo—: Quizá fue el diferente peso entre unos pueblos y otros...

—¿El peso? —se sorprendieron todos los que allí se encontraban.

—Pues claro —prosiguió ella—: las monedas, si son muchas, pesan mucho... Cuando todo esto empezó había pueblos en los

que sus gentes tenían los bolsillos repletos de ellas, mientras que en otros todo el mundo podría levitar como plumas movidas por el viento. Llevaban los bolsillos siempre vacíos y el hambre los había puesto muy flacos.

—¿Y cuál es la solución? –volvió a preguntar el sabio curioso.

—Necesitamos, como he indicado, el impulso de todos los habitantes del planeta que estén fuertes para caminar –dijo solemne la viejecita–. Si queréis que vuelva a moverse, tendréis que seguir mis instrucciones al pie de la letra.

Aquel día, veintiuno de marzo, todos los relojes de todos los lugares de la Tierra se pusieron en una misma hora, minuto y segundo. Era imprescindible que estuviesen sincronizados para conseguir ponerla de nuevo en movimiento. El Sol debería besar todas las cumbres y valles, repartiendo su luz y su calor sin detenerse en un único lugar.

7
LOS GNOMOS Y LOS GENIOS

A LA HORA PREVISTA, todas las gentes que podían hacerlo salieron a la calle de su aldea, de su villa, de su ciudad... y todos a la vez comenzaron a andar hacia delante, de oeste a este, soplando con fuerza.

–No dejéis de caminar hasta que se mueva, por favor –gritaba con entusiasmo la viejecita–. ¡Unid vuestras manos!

Mujeres y hombres, gigantes y enanos, niñas y niños, mineros y ministros, gentes diferentes... todos caminaban y soplaban siguiendo rigurosamente su consejo. Unos sudaban y sudaban mientras que otros sentían mucho frío, pero siguieron avanzando sin demora. Juntos. Tan cerca iban unos de otros que de los bolsillos llenos de dinero comenzaron a salir monedas que se metieron en los bolsillos vacíos.

Todo el mundo sintió un gran alivio.
De repente...
–¡Se mueve, se mueve!
–¡Es maravilloso!

Emocionados, notaron bajo sus pies cómo la Tierra se desplazaba en sentido opuesto a su caminar, del mismo modo que la pelota multicolor a la que había hecho rodar primero la niña, luego la mujer y más tarde la anciana, durante tantos años, igual que un simpático caniche en una pista de circo. Y la Tierra giró y giró

sobre sí misma y danzó alrededor del Sol sin parar hasta hoy. Cientos de semillas volvieron a asomar su curiosa nariz y algunas ya no quisieron esconderse. Vistieron los trajes más bonitos y se convirtieron enseguida en hermosas flores.

La noche extendería su manto de sombras de cuando en cuando, no siempre.

Los hijos de aquellas gentes y los hijos de los hijos... continúan recuperando poco a poco la apariencia física anterior en cada nueva generación. Ahora mismo ya saben que la raza humana es solamente una, aunque tengamos aspectos diferentes.

Y como prueba de que esto fue tal y como se cuenta, hubo quienes permanecieron con las orejas puntiagudas, los ojos grandes y la estatura diminuta. Son los gnomos. En la actualidad habitan en determinados bosques fríos, en los sueños de los niños y de las niñas, y en las páginas de algunos libros.

Del mismo modo, un reducido número de gigantes morenos se quedó en el interior de ciertas lámparas que llaman maravillosas. No es fácil dar con ellos; existen tan pocos que no se dignan salir, a no ser que una niña o un niño... con su mano limpia, todavía pequeña, acaricie la lámpara. Entonces... aparecen convertidos en genios que conceden buenos deseos.

Y cuentan que Lucero, la viejecita de la pelota, es en realidad el hada encargada de apagar las estrellas al amanecer.

TE CUENTO QUE MIGUEL PANG LY...

... nació en Barcelona en 1980. Sus padres llegaron a España escapando de las guerras de Camboya y China. En aquellos tiempos, aquí no había muchos asiáticos y a veces se sentía un poco solo. Sus pinturas fueron su arma contra la soledad; su refugio, el estudio en el que tomaba clases. Sus dibujos alegraban sus días, pero no conseguía dejar de sentirse solo. Así que Miguel decidió viajar para averiguar si en el mundo había otras personas como él. Vivió en otros países, encontró a esas personas, vio que muchos viajaban como él, y supo que no estaba solo, que no necesitaba un país, que su casa era el mundo.

Miguel Pang Ly vive en España entre viaje y viaje. Ilustra para editoriales como SM, A Buen Paso y Blind Books, y su trabajo ha sido reconocido con los premios American Illustration, Latin American Illustration y Junceda, entre otros.

TE CUENTO QUE FINA CASALDERREY...

... nació en un pueblecito gallego que no tenía bibliotecas. Quizá por eso, cada vez que entra en una librería, siente la necesidad de comprar y leer todos los libros que ve en las estanterías. De pequeña, entró en un mundo de imaginación y fantasía gracias a su padre, que le contaba mil cuentos, y a las historias que escuchaba por la radio. A Fina le encanta tumbarse en la hierba a mirar el cielo, viajar, recitar poemas, el teatro y aprender tantas cosas nuevas como sea posible. Como buena gallega, es una enamorada de su tierra y, por eso, ha publicado muchos libros en los que explora e investiga las costumbres, la comida y las tradiciones de Galicia.

Fina Casalderrey nació en Xeve, Pontevedra, en 1951. Desde los 19 años compagina la escritura con su trabajo como profesora. Además de novelas, escribe poesías y piezas teatrales, que también dirige.

Si te ha gustado este libro, visita

LITERATURA**SM**•COM

Allí encontrarás:

- Un montón de libros.
- Juegos, descargables y vídeos.
- Concursos, sorteos y propuestas de eventos.

¡Y mucho más!

Para padres y profesores

- Noticias de actualidad, redes sociales y suscripción al boletín.
- Propuestas de animación a la lectura.
- Fichas de recursos didácticos y actividades.